QUELQUES MOTS

SUR

LÉON TECHENER

DÉCÉDÉ

le

23 MAI

MDCCCLXXXVIII

QUELQUES MOTS SUR LÉON TÉCHENER

Le vénérable baron Ernouf a donné, dans le *Bulletin du Bibliophile*, une très exacte et très intéressante esquisse des travaux de M. Léon Téchener. On ne demandera plus ce qu'a fait ce grand ami des livres; la réponse ne laisse rien à désirer. Vous avez maintenant, sous les yeux, l'ensemble des conceptions et des efforts, la statistique des résultats et des œuvres d'une vie consacrée aux lettres, ou plutôt à la beauté esthétique dans la littérature. Vous voyez ce qu'a pu faire ce vaillant serviteur, parfois l'émule heureux des grands écrivains de tous les âges. Son âme, largement ouverte, avait donné, dans ses préférences, accès, d'une manière exquise, à toutes les plus magnifiques créations de la typographie depuis cinq siècles. Téchener n'était pas seulement *Quelqu'un*, c'était une puissance.

Nous avions l'honneur d'être lié, avec M. Téchener, d'une amitié ancienne, gênée dans ses rapports par les distances, mais cordialement fraternelle. Ce qu'il aimait avec passion, nous l'aimons nous-même d'un amour profond, que rien n'épuise, que rien n'apaise, qui s'excite plutôt dans la mesure même de ses satisfactions. Le voir était une joie; l'entendre, un bonheur; et passer avec lui quelques heures à voyager à travers les livres, une grâce. Ces conversations, presque contemplatives, où Madame Téchener apportait parfois le condiment de sa sagesse, où la petite Henriette prodiguait, en se jouant, les illuminations de la gaieté, laissaient toujours un regret et une espérance: le regret de finir trop tôt; l'espérance de se renouer et de se continuer plus longuement au prochain voyage. C'était, à bâtons rompus, un cours d'une science qui n'a pas encore de nom dans les lettres; on y parlait de tout, mais surtout des beaux livres. La grande séduction de ces entretiens, c'était le rapprochement intime de deux âmes: l'une rompue à tous les détails du mouvement des affaires de la littérature; l'autre cloîtrée dans les méditations laborieuses de la vie provinciale, mais sympathique à toutes les manifestations généreuses de la pensée humaine. Belles heures, vous n'êtes plus qu'un mélancolique souvenir!

Notre vieil ami, l'homme que nous aimions du plus profond du cœur, n'est plus! Dieu l'avait retiré de la vie avant de lui envoyer la mort. Pendant deux années, presque étranger à tout ce qui avait usé prématurément ses forces, il ne retrouvait la plénitude de son intelligence que pour voir les ruines de lui-même et augmenter, par ses larmes, les regrets qu'inspirait son état. Enfin Dieu a eu pitié et a rappelé à lui cette âme qu'il avait purifiée par de longues épreuves. Bien que cette mort fût attendue, elle fut encore, pour nous du moins, une surprise doublement douloureuse, et par la perte qu'elle nous infligeait et par l'impossibilité où nous mettait une indisposition de venir, près de cette tombe, verser des larmes avec des prières :

Mollissima corda
Humano generi dare se natura fatetur,
Quæ lacrymas dedit : hæc nostri pars optima sensûs.

(Juvénal.)

Si nous n'avions pu répondre à l'invitation pour les funérailles, du moins, nous espérions trouver dans la notice nécrologique ces détails réconfortants dont notre affection avait besoin ! Cette compensation nous fut refusée. Les œuvres de M. Téchener étaient énumérées avec soin et appréciées avec goût ; mais lui, le Téchener réel, le vrai Téchener, bon jusqu'à en être timide, presque faible ; lui, l'homme aimant, aimé et dévoué, je ne le revois point dans cette notice. Le critique a sans doute eu peur que son attendrissement le trahisse ; ou, noblement délicat, il a craint d'ajouter, à des tendresses déjà endolories, un surcroît de souffrance. Mais quoi ! me disais-je, personne n'a donc pris la parole sur la tombe du vaillant éditeur ; personne n'a donc recueilli ces paroles suprêmes qui forment comme le testament d'une âme ; personne n'a donc retrouvé au moins des fragments de correspondance ; personne n'a donc gardé dans un fidèle souvenir et consigné dans un dernier hommage ces traits touchants qui peignent l'homme et que M. Téchener semait en quelque sorte sous ses pas ? Quand je dis *personne* interrogativement, il est bien entendu que j'excepte la brave épouse du défunt et son humble enfant. Oh ! pour elles, je suis bien sûr qu'elles gardent, dans l'intime du cœur, la souriante image du défunt ; je me persuade qu'elles le verront toujours, non pas tel que la mort l'a fait, mais tel que le représentait la vie, pour puiser, dans cette vision, force, consolation, espérance. Mais j'avoue ne pas comprendre que ce secret reste sans écho. Qu'on s'interdise une profusion de détails, qui ne peuvent qu'ajouter à l'amertume d'un cuisant chagrin, je le comprends, je l'exige; mais qu'on s'interdise tout, cela même qui nous consolerait, ou du moins adoucirait l'amertume de la douleur, en honorant une douce mémoire, par la révélation de ses vertus, je ne puis le comprendre. Ce cher et regretté défunt, je ne pouvais pas l'aimer autant que les siens, mais je l'aimais, comme j'aime tous mes compatriotes distingués; je le chérissais et le vénérais comme je chéris et vénère tous les confesseurs, j'allais dire les martyrs de la pensée chrétienne et des lettres françaises. Or, au moment où j'ai besoin que le culte des pieux souvenirs vienne, non pas justifier mon affection, mais la nourrir, et, s'il se peut, la grandir encore, cette notice, exclusivement bibliographique, me fait plutôt un vide au cœur. Je ne blâme point, j'exprime un regret. Ce silence, c'est, pour moi, un deuil dans un deuil, c'est une sensation plus vive de la disparition, et je ne puis que dire: « Comme la mort efface tout, même les amis! »

Nous voudrions ajouter quelques mots; nous voudrions parler, non plus des œuvres, mais de l'homme, et dire que ce qu'il y avait de mieux en lui, c'était lui-même. C'est le propre de l'amitié de photographier, sur la membrane du cerveau et dans les profondeurs de l'âme, la physionomie de ceux que nous aimons. Aucun effort ne peut en rendre l'inexprimable beauté; mais on peut en saisir quelques linéaments, en retrouver les rayons éteints, en reproduire à peu près l'image. C'est peu, mais c'est tout ce à quoi nous pouvons prétendre, et cela suffit aux regrets. Par une transformation mystérieuse, tout ce qui réveille le souvenir et l'accentue devient, un jour, une source de consolations.

D'abord, M. Téchener était un ferme chrétien. La caractéristique d'un homme, c'est sa foi au Dieu créateur des choses visibles et des choses invisibles. Suivant la décision et l'ardeur de sa foi, l'homme est une force ou une faiblesse. Les esprits faibles, qui sont les plus nombreux; les esprits bas, qui pullulent aujourd'hui, s'imaginent volontiers que la foi est une infirmité d'esprit. Dans leur ignorance, parfois grotesque, ils se targuent de ne vouloir croire qu'aux réalités tangibles, comme si le monde entier pouvait suffire à l'âme; comme si l'âme, bornée aux êtres finis, pouvait aboutir à autre chose qu'à la folie, au désespoir, au néant. Par une suffisance inexplicable, ils voient des vers grouiller dans des eaux impures et refusent de croire à Dieu; ils voient grimacer des singes et disent: Voilà nos ancêtres. C'est la nouvelle embryogénie.

M. Téchener ne croyait point que ces pauvretés suffisent, ni pour la vie, ni pour la mort. Qu'un savant dans son laboratoire ne trouve pas l'âme et Dieu, au fond d'une cornue, cela se comprend; et s'il s'en étonne, ce n'est pas un savant. Pour nous, ce qui nous étonne, c'est qu'il ne les trouve pas là, aussi bien qu'ailleurs; car enfin l'homme ne peut que détruire et Dieu seul sait créer. Mais qu'un Français élevé par une mère chrétienne, époux d'une femme chrétienne, père d'une enfant chrétienne, ne voie pas que Dieu et l'âme sont les seules réalités éternellement présentes, qu'il ne comprenne pas que toutes les complaisances pour les créatures aimées ne sont vraiment parfaites en amour que par l'intervention multiple du créateur, cela confond. M. Téchener était trop ferme dans son bon sens, dans sa raison, dans sa volonté, dans son honneur, pour payer, aux misères d'un siècle impie, le moindre tribut et ne pas s'élever jusqu'aux splendeurs ineffables de la sainte dilection. Pour lui, le catéchisme était fort au-dessus de la Métaphysique d'Aristote et des dialogues de Platon. Le Dieu vivant des chrétiens était le Dieu de son âme. Jésus-Christ n'était pas seulement le Dieu de son enfant et de son épouse, il était aussi le sien et quand sa petite Henriette dut faire sa première communion, il avait eu soin de l'y préparer de longue date par des livres qu'il éditait surtout pour elle, et par des bénédictions qu'il invoquait pour les unir à sa bénédiction et confirmer sa fille dans l'amour du Sauveur. L'Esprit-Saint n'était pas, pour lui, un Dieu inconnu; il en sollicitait les inspirations et se plaisait à s'y conformer. Simple en toutes choses, il se croyait le droit d'être fier de sa croyance et de ne pas la borner à une spéculation inactive. Fénelon, Bossuet, l'*Imitation de Jésus-Christ*, qu'il offrait à tout le monde, il se les offrait d'abord à lui-même; il les aimait, il les goûtait, il en avait fait comme l'aliment invisible de son existence ici-bas.

M. Téchener, homme de foi, était aussi l'homme du foyer. De son attachement à Dieu, il avait d'abord tiré la grâce de s'appartenir. Quand l'Évangile parle à l'homme et que Dieu se fait voir à son âme, sa pensée s'élève, son amour s'accroit, et l'âme, remplie jusqu'au bord, ne peut échapper aux conséquences de cette plénitude. A Paris, la dissipation est l'écueil ordinaire de la vie intime. Les devoirs de la vie publique sont si nombreux et si pressants, que, pour les remplir, on est souvent contraint de s'oublier. Au milieu de tous les tracas de sa profession, M. Téchener s'était fait, au cœur, une solitude, une espèce de sanctuaire où il se retirait volontiers, pour se recueillir. Là, en face de lui-même et en face de Dieu, il prévoyait toutes ses obligations, il ordonnait tous ses devoirs, et, comme il avait une bonne pensée pour tout, il apportait à tout un empressement exact et fidèle. Le principe de sa vie était dans cet acte habituel de recueillement.

Cette noblesse de sa vie privée débordait dans le cercle enchanté de sa famille. Là, près de Dieu et de son âme, lui apparaissaient trois personnes: son épouse, son enfant et son serviteur. L'Evangile, en dilatant son cœur, lui avait donné, dans son intérieur, des épanouissements très purs et de profonds attachements. Son premier bien, c'était son épouse; d'inflexibles serments lui avaient consacré sa destinée; et la vertu couronnant la bonté, tous deux pouvaient braver les ans et se garder un respect que scellerait leur tombe. Près de la mère, croissait une humble enfant, comme un rejeton inséparable; pendant que la vie des parents commençait à décliner, la sienne héritait des droits et des sentiments que l'Évangile avait fait germer dans leurs âmes, et s'embellissait de toutes les vertus dont l'eau du baptême arrose les racines. Le serviteur était un frère; il portait, sur son visage, l'honneur du service utile et recevait dans ses mains l'étreinte généreuse de la reconnaissance. J'ai vu ces choses; je les ai connues plus intimement par des lettres trop rares, mais toujours pleines d'effusions; je leur dois mon témoignage et je le leur rends comme je l'ai reçu, avec le cœur. Je n'en parle qu'en tremblant, dans la crainte de les déflorer, mais je me sens impuissant à les couvrir d'un inexorable silence.

Cette entente de la vie privée ne nuisait point aux devoirs de la vie publique. Le trait d'union qui les unissait, c'était le travail. M. Téchener était un travailleur. Sous une apparence douce, presque délicate, il y avait l'homme, calme et ferme, qui trouve une place pour chaque chose et qui partage, entre tous ces devoirs, son dévouement. La part faite à la famille, M. Téchener se livrait à ses occupations d'état et s'y appliquait en vrai savant. Son *Répertoire universel de Bibliographie* est un livre digne d'un membre de l'Institut; sa *Bibliothèque champenoise* est un livre de Bénédictin, tel qu'en peuvent écrire bien peu de bibliophiles; ses catalogues de vente, moins difficiles à dresser, exigeaient encore une part de travail et de solides connaissances. Ces travaux de cabinet exigeaient d'amples informations, de longues études; notre libraire avait toujours un livre à la main, ou, si une visite l'obligeait à interrompre ses recherches, c'était pour continuer, de vive voix, le même travail. Alors il se livrait, en toute simplicité, à son interlocuteur; le mot d'importunité n'était pas un vocable de son dictionnaire usuel; il ne semblait pas qu'on lui fît tort, lorsqu'on venait lui prendre son temps, mais plutôt qu'on lui rendît service, et il en laissait voir le plaisir. Il est vrai que, pour se racheter de toutes les interruptions, il avait la ressource de prendre sur ses nuits et il en usait. Les travaux assis ne sont pas, au surplus, les seuls travaux des libraires bibliophiles. Leur marché, c'est le monde. Il faut aller, il faut courir. L'océan n'a pas de mers, les continents n'ont pas d'espaces qu'il ne faille franchir vite. Pour un malheureux livre, unique en son genre, on fera trois cents lieues ; et à son arrivée, on le trouvera vendu ; mais enfin on aura fait le possible. Léon Téchener avait adopté pour armes domestiques des symboles parlants : un grand T, lettre initiale de son nom, cantonné de deux dauphins et enserré dans une couronne : les dauphins étaient l'emblème des voyages ; les fleurs, il y en avait pour lui, il en offrait surtout à ses clients. La couronne appartient, de plein droit, à son tombeau.

M. Téchener aurait pu y ajouter une palme. Cet éditeur savait aussi tenir une plume, non pour faire concurrence à ses auteurs, mais pour les suppléer. On trouve épars dans le *Bulletin*, sous la signature L. T., un certain nombre d'articles consacrés à des œuvres rares et curieuses, ou à des notices nécrologiques sur des amis défunts. Au lieu d'admettre dans son cœur, pour les chevaliers de l'écritoire, un sentiment de jalousie ou de critique, il avait plutôt pour eux les délicatesses prévenantes d'une bienveillance presque excessive. Dans son jugement, ils obtenaient tous une place de choix : c'est l'esprit qui dressait la lunette pour observer leurs mérites ; mais c'est le cœur qui maniait les pinceaux pour les peindre. Lisez, je vous prie, une de ces notices, celle que vous voudrez ou la première venue. Vous verrez que Téchener a bien mesuré ses hommes, que son esprit a fait un exact discernement des qualités et que sa plume, d'un tour

heureux, a saisi les traits expressifs d'une figure.
Pourquoi enlevait-il si heureusement son portrait?
C'est qu'il avait la mnémonique du cœur et tirait à
coup sûr, avec un fraternel intérêt, toutes les photo-
graphies. Dans ces conditions, sans être du métier,
on peut dire sans orgueil : *Anch' io son scrittore !*

En dehors des travaux du métier, Téchener, mar-
chant sur les traces de son père, voulut aussi être
éditeur : il édita des raretés et de bons livres : je n'ai
point à en parler. En son for intérieur, il en rêvait
beaucoup d'autres ; il voulait, entre autres, ressusciter
Peignot, dont tous les livres se vendent au poids de
l'or, et dont il gardait, comme des pommes d'or, les
manuscrits. Mais, ainsi que disent les Allemands,
chants dans les nuages et rossignols au tombeau : *Ars
longa, vita brevis.* Nous étions jeunes hier ; nous
voilà aujourd'hui séparés par la nuit pendant laquelle
personne ne peut plus travailler.

Je ne tairai point que Léon Téchener, à la mort de
son père, avait reçu une succession très chargée : il
en solda, par son travail, tous les engagements. Vic-
time lui-même de catastrophes commerciales qui l'at-
teignirent sans qu'il y eût de sa faute, ou, du moins,
pas d'autre faute qu'une honorable confiance, il ne
voulut pas mourir sans avoir sauvé la fortune de sa
famille et l'intégrité de son nom. *Hic jacet !* le voilà
mort, mais au champ d'honneur.

Je ne saurais dire quelles vives amitiés entouraient
Téchener dans son intérieur. Les secrets de la famille
sont comme les secrets de Dieu : ils n'admettent pas
de révélation ; ce serait une espèce de crime d'y porter
atteinte ; plus qu'un crime, une cruauté. Les amitiés
du dehors avaient encore, pour lui, le caractère d'ami-

tiés domestiques : il s'y mettait vraiment tout entier.
Ses amis préférés étaient Sylvestre de Sacy, Paul La-
croix et Charles Asselineau. Les collaborateurs du
Bulletin étaient d'ailleurs tous autant de frères, et les
amis de la revue étaient encore plus les amis de l'éditeur. Dans sa bonté, il en témoigna d'une manière
touchante, en laissant subsister, sur la couverture du
recueil, les noms de tous les amis enlevés par le
trépas : c'était sa manière de montrer qu'ils n'étaient
pas morts pour lui et qu'il y pensait toujours. A la fin,
le *Bulletin du Bibliophile* paraissait une revue d'outre-
tombe ; la liste de ses collaborateurs était un catalo-
gue de personnages couchés au tombeau, un nécro-
loge. C'est la preuve que cet excellent homme, qui
était bien le meilleur des hommes, n'entendait pas ce
qu'un ancien appelle : *Artem oblivionis*, l'art d'oublier. Non, il n'oubliait personne ; son cœur, comme
la couverture de sa revue, était fidèle à toutes les
mémoires ; le plus humble gardait ses titres au respect ;
et je ne sais pas si, sauf la nécessité de faire place aux
jeunes, sa main eût eu la force d'effacer un seul
nom. Ce trait peint l'homme ; par le cœur, Téchener
était un homme rare, presque une exception.

Nous ne doutons pas, au reste, qu'on ne l'ait payé
de retour et rempli près de lui tous les bons offices de
l'amitié. Cependant, provincial, nous avons pu remarquer combien parfois sont frivoles certaines formes
de l'amitié parisienne. Vous êtes jeune, gai, aima-
ble ; vos affaires sont en bon point ; toutes les sympa-
thies vous sont acquises et on vous les témoigne de
manière à faire croire que vous avez, dans tous ces
cœurs, une large place. La scène change : vous tombez
malade : tous les amis, le sourire aux lèvres, viennent

s'asseoir à votre chevet : « Ce n'est rien, vous serez bientôt guéri et adieu »; on ne revient plus. Si la maladie se prolonge, le patient reste à gémir sur son lit solitaire; et si le malade guérit, il faut qu'il aille bien vite rendre sa visite de convalescence, autrement ce serait un bien vilain malade. Malheur au malade dont l'agonie se prolonge! Les douleurs, les insomnies, les angoisses qui se succèdent, qui étreignent le cœur, qui jettent sur l'âme comme un noir manteau : ces choses-là, les amis ne viennent pas les affronter; ils souffrent à peine qu'on en parle, et si le martyr reste plusieurs années, cloué sur son grabat de douleur, on se débarrasse de ce souvenir importun en l'enterrant à la lettre, moralement, comme s'il était mort.

Tel fut M. Léon Téchener, un ferme chrétien, un homme de vie intérieure et de dévouement personnel, un éditeur laborieux et intelligent, un homme de probité antique. Sa vie entière fut une immolation muette, un sacrifice accompli en détail pendant les jours de sa maturité et couronné par cette mort précoce, signe caractéristique de sa vie, qui met, à son front, une auréole. Pour résumer cette sympathique et trop courte existence, nous pouvons redire du fils, en 1888, ce que nous écrivions du père en 1873 : « Il n'est pas rare que, dans le commerce avec les livres, on contracte ce que Bossuet appelle la *licence de l'esprit*. Téchener avait été, plus que beaucoup d'autres, soumis à cette épreuve, mais sans y succomber... Dieu, la famille, les livres et les amis des livres : c'était là sa sphère d'action, d'influence et de paix... C'était, dans toute la force du terme, avec tous les agréments de l'homme moderne, un homme antique : antique par ses goûts, antique surtout par sa bonté d'âme et sa fermeté dans la croyance... Il n'est pas rare non plus que la fermeté d'âme s'allie avec une certaine rigueur... Léon Téchener n'avait pas cet autre défaut : sa bonté était douce, attirante, indulgente... L'espèce de culte avec lequel il traitait les livres n'était pas un culte d'adoration aveugle ; autant son cœur s'attachait aux livres, autant son esprit savait en user avec discernement. Et quand sa maison voulut joindre, à la vente des livres anciens, les fonctions d'éditeur, on alla tout droit aux meilleurs livres... Ces souvenirs honorent la mémoire du défunt et doivent consoler la douleur. En présence d'un tombeau, rien ne fortifie plus que les espérances immortelles, surtout quand la juste conviction du mérite oblige à croire que les espérances des survivants sont, pour les morts, une réalité (1) ».

L'éloignement, avec ses illusions singulières, ne permet pas de remarquer les ravages du temps. Ceux que vous avez connus enfants, si vous cessez de les voir, vous apparaissent toujours avec les grâces de l'enfance : il ne semble pas qu'ils puissent grandir ; ceux que vous avez connus hommes mûrs et bien portants, si vous ne les avez point vus malades, il ne semble pas qu'ils puissent mourir. Quand nous évoquons, dans nos prières, le souvenir de l'âme retournée à Dieu, nous le voyons toujours tel qu'il était, lors de notre dernière entrevue. Nous voudrions nous incliner sur sa tombe ; mais il nous semble qu'il est ressuscité. Le voilà, assis à son bureau, un peu pâli par une récente maladie, mais le sang remonte à

(1) *Union de la Haute-Marne*, numéro du 25 juin 1873.

son visage et le sourire fleurit sur ses lèvres. A sa droite, Madame Téchener, sous une couronne de cheveux blanchis avant l'âge ; sa majesté maternelle succède lentement à la royauté de ses jeunes années ; et ce passage insensible d'une puissance à une autre, comme illuminée par l'image du Christ, lui donne un attrait que le soupçon même ne saurait effleurer. Plus près de nous, la petite Henriette, dans la candeur de ses dix ans, déjà tout à la pensée de sa première communion, promise dans le lointain à une fête nuptiale où les parents revêtiront leurs propres habits de noces. Nous fermons le cercle, et dans les faibles réminiscences d'une mémoire peu fidèle, nous retrouvons la gravure vivante de cette scène de famille. L'amitié, qui y prend part, se promet de retrouver un jour, à ce foyer demi-séculaire, une seconde postérité pour avant-garde de la mort. Mais il semble que ce sera dans un siècle, et aujourd'hui la mort compte déjà des lendemains. O mortels ignorants de leur destinée ! s'écrierait Bossuet.

J'emprunte à M. de Maistre quelques paroles mieux assorties à nos vœux :

« Ombre pure et chérie ! si les sentiments qui ont pénétré nos cœurs dans ce monde survivent à la mort et nous accompagnent dans l'autre ; si, comme de grandes âmes, des âmes généreuses et sensibles aiment à le croire, les objets de nos affections ne deviennent point étrangers à notre intelligence au moment où elle se débarrasse de son enveloppe mortelle, reviens ! ah ! reviens souvent parmi nous ! habite encore la demeure de ton épouse et de ton enfant désolées. Descends vers elles comme ces génies bienfaisants, envoyés, dans l'enfance du monde, vers les patriarches exilés et voyageurs, pour verser dans leur esprit des instructions utiles, et dans leur cœur le baume du courage et de la consolation. Viens ! tu ne changeras point de séjour : le ciel est partout où habite la vertu. La nuit, quand tout se tait, quand la douleur, seule avec elle-même, baigne sa froide couche de larmes amères, plane sur ces têtes chéries, et, de ton aile éthérée, secoue sur elles une rosée balsamique qui les avertisse de ta présence et les remplisse de pensées célestes.

« Ombre aimée, oh ! que ne puis-je encore te donner cette espèce d'immortalité qui dépend de notre faible nature. Que ne puis-je communiquer à ces trop courtes pages quelques étincelles de cette flamme qui soulève ma poitrine et fait battre mon cœur ! Non, ce n'est point assez pour l'amitié de pleurer sur ta cendre ; je voudrais faire reconnaître ton âme dans ce tableau, dont les larmes ont peut-être affaibli les contours ; je voudrais élever un monument durable à tes vertus solides qui n'ont pas brillé assez longtemps ; je voudrais, s'il était possible, te raconter à la postérité (1) et te faire aimer de nos arrière-neveux. »

Justin FÈVRE,

Vicaire général, Protonotaire apostolique.

(1) Tacite, *Agricola, posteritati narratus* superstes erit.

Chartres — Imprimerie Durand, rue Fulbert.